Mes Amis les CHEVAUX

La fête du village

Sophie Thalmann

Sophie Thalmann

Écrit par Natacha Godeau.
Illustrations : Isabelle Mandrou et Marco Albiero.
Conception graphique du roman : Audrey Thierry.
Mise en pages : Clémentine Lemoine.

Hachette Livre, 58, rue Jean-Bleuzen, 92178 Vanves Cedex.

Mes Amis les CHEVAUX

La fête du village

Sophie Thalmann

hachette
JEUNESSE

Zéphyr

Ce pur-sang arabe à la robe « alezan brûlé » est le plus rapide du haras... et il adore s'en vanter ! Sûr de lui, il agace parfois les autres chevaux. Andalou est son principal rival, mais Zéphyr ne s'inquiète pas une seconde : c'est lui le meilleur, et il va le lui prouver !

Féline

Avec sa robe baie aux reflets dorés, cette jument lusitanienne a une apparence féline… D'où son nom ! Têtue, battante et fière, elle ne se laisse pas faire et obtient toujours ce qu'elle veut. Et même si elle a tendance à être très capricieuse, Andalou et Zéphyr ne sont pas insensibles à son charme !

Moustique

Mais quelle mouche a bien pu piquer cet adorable shetland ? Très ambitieux, il déteste qu'on ne le prenne pas au sérieux et il est incapable de tenir en place. Andalou l'a même surnommé « mini-Zéphyr », tant il aime parader !

Andalou

Andalou est le cheval préféré des enfants et de ses compagnons. Il est aimé et respecté parce qu'il est réfléchi et très courageux. Pas étonnant que Moustique rêve de lui ressembler ! Il aime passer du temps avec Féline et est en compétition avec Zéphyr.

Percheron

Percheron est un cheval de trait. En plus de son travail à la ferme, il adore faire de longues promenades en charrette avec les visiteurs. Bien que très impressionnant, il est doux et amical. C'est le cheval le plus sage, et surtout le plus gentil !

Lulu

La plus vieille jument du haras est une sorte de « cheval de secours » ! Sage et bienveillante, elle aime aussi taquiner les jeunes chevaux, surtout Zéphyr et Féline… Quant à Moustique, c'est son chouchou. D'ailleurs, c'est comme ça qu'elle le surnomme !

Sophie

Elle est toujours là pour s'occuper de ses chevaux et du haras. C'est une cavalière très douée, passionnée, et qui adore monter Féline, sa jument préférée. Lorsqu'elle ne s'occupe pas de ses animaux, elle donne des cours d'équitation aux enfants.

Prologue

Ce matin, à l'écurie, une fois n'est pas coutume, les chevaux sont déjà tous bien réveillés lorsque Sophie leur apporte le petit déjeuner. Pas un n'a envie de traîner dans son box, aujourd'hui : une journée formidable les attend !

– Oh, là, là, j'ai tellement hâte d'y être ! se réjouit Féline en piaffant d'impatience.

– La fête du village, c'est toujours super rigolo ! renchérit Moustique.

– Le petit chou a raison, dit Lulu. On va bien s'amuser.

Comme toujours, le poney s'empresse de protester contre ce surnom qu'il déteste.

– Je ne suis pas un petit chou, bougonne-t-il, mais on va bien s'amuser, ça, oui.

Dans la stalle d'en face, Andalou hennit de rire.

– Cette année, nous participons aux stands et aux attractions ! se réjouit-il. Ça me rappellera ma jeunesse, lorsque j'étais chargé de promener les enfants sur mon dos à la foire !

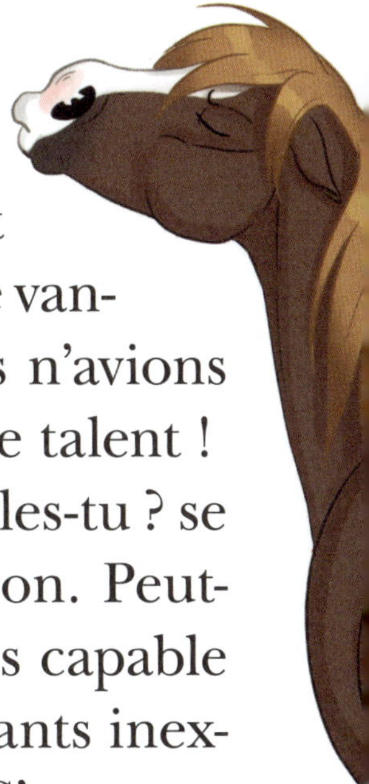

– Moi, à la même époque, je devenais champion de saut d'obstacles, se flatte ce vantard de Zéphyr. Nous n'avions pas tout à fait le même talent !

– De quel talent parles-tu ? se moque alors Percheron. Peut-être que tu n'étais pas capable de tenir de petits enfants inexpérimentés en selle. C'est compliqué, tu sais !

Le pur-sang se renfrogne, vexé. Soucieuse de ne pas les laisser gâcher la bonne ambiance, Lulu s'empresse d'intervenir :

– Allons, allons, mes amis, inutile de se chamailler : nous allons tous à la fête du village, et nous allons tous profiter de cette belle journée !

Mise en place

Victor et Sophie, en selle respectivement sur Zéphyr et Féline, conduisent les chevaux au village. Ils marchent à la queue leu leu sur la route qui longe la lisière de la forêt. Sophie tient Lulu et Percheron par la bride, tandis que Victor se charge d'Andalou et de Moustique. Quel équipage ! Les sabots cliquètent en rythme sur le bitume. C'est très gai !

– Heureusement que cette voie est peu fréquentée ! se félicite Sophie.

– Oui, tu as raison, nous occupons tout l'espace ! renchérit Victor. Nous aurions peut-être mieux fait d'utiliser les vans.

– Sûrement pas ! riposte la cavalière. Les chevaux préfèrent trotter au soleil plutôt que de rouler enfermés dans une camionnette. Et moi aussi, d'ailleurs !

Bientôt, la joyeuse petite troupe arrive sur la place de la Mairie, où se tient la fête annuelle. Abrités sous de lourdes bâches beiges, de nombreux stands envahissent la chaussée. Ils viennent à peine d'ouvrir, pourtant, une grande effervescence règne déjà entre les étals.

– Oh, là, là, il y a un monde fou ! souffle Féline, surprise. Je ne m'attendais pas à ça !

– C'est vrai, l'année dernière, c'était beaucoup plus calme, remarque Percheron.

– C'était à cause du mauvais temps, lance Zéphyr. Les gens évitaient de sortir de chez eux. Mais aujourd'hui, il fait super beau. On va pouvoir à nouveau s'amuser !

Soudain, Sophie s'exclame :

– Tu entends les chevaux hennir, Victor ? Ils n'arrêtent pas depuis ce matin. C'est comme s'ils étaient trop contents de participer à la fête du village !

– Je pense qu'ils sont ravis, en effet ! répond le palefrenier tandis que Moustique pirouette de bonheur.

À ces mots, l'un des organisateurs de la fête s'approche afin de les accueillir.

– Ah, merci d'être venus nous aider ! déclare-t-il, enchanté.

Grâce à vous, la fête sera plus réussie. Tous les enfants réclament les chevaux !

– Montrez-nous où les installer, demande alors Sophie, soucieuse de ne pas retarder l'ouverture des stands.

L'organisateur hoche la tête.

– Suivez-moi, prie-t-il la cavalière et Victor.

– Nom d'une marguerite, le moment est venu de rejoindre les stands ! hennit Lulu.

–J'espère que le mien me plaira, bougonne Zéphyr.

–J’espère que nous serons tous satisfaits, intervient Andalou.

Moustique retrousse les lèvres sur ses dents épaisses.

– Moi, j’espère qu’on va bien rigoler ! s’écrie-t-il.

Ils traversent la place derrière l’organisateur, qui les guide jusqu’au premier stand. Il s’agit d’une immense tente avec un visage de clown peint sur le côté. La porte en toile a été enroulée afin de rester ouverte. Les chevaux regardent tous à l’intérieur de la tente avec curiosité. Ici, les enfants se font maquiller pour se déguiser. En lion, en martien, en princesse…

– L'atelier maquillage ! articule Féline, émerveillée. Pourvu que ce soit pour moi, j'adorerais me faire maquiller ! Je rêve de…

Elle s'interrompt, stupéfaite que Sophie choisisse Lulu pour animer ce stand. La cavalière mène la jument au fond de la tente, près de l'étagère à cosmétiques. Puis elle fixe deux sacoches pleines de fards de part et d'autre de sa selle, et les enfants viennent choisir et mélanger les couleurs dont ils souhaitent se parer.

– Travaille bien, Lulu ! dit Sophie en quittant la tente avec Victor et les chevaux.

Un peu jalouse de son amie, Féline se renfrogne. Pourtant, le prochain stand lui est réservé.

Sophie s'engouffre sous la tente avec elle et Féline découvre qu'elle va servir de modèle à un peintre spécialisé en tableau-minute !

– Je propose aux visiteurs de réaliser leur portrait en compagnie de la jument, explique l'artiste. Ainsi, ils poseront soit debout près d'elle, soit en selle.

– Excellente idée ! approuve aussitôt Sophie.

La cavalière sait que Féline, toujours si coquette, adorera jouer les modèles.

– Travaille bien, Féline ! dit alors Sophie en s'éloignant avec les autres.

Plus loin, l'organisateur désigne un stand minuscule. Ici, les gens s'inscrivent simplement pour une promenade en charrette. La petite carriole est charmante. Victor s'empresse d'y atteler Percheron, qui secoue la crinière, tout heureux de remplir cette mission idéale pour un cheval de trait.

– Travaille bien, Percheron ! dit Sophie en repartant accompagner ses amis aux stands suivants.

Cette fois, c'est un chamboule-tout qui se cache sous la vaste tente beige. Andalou, Moustique et Zéphyr conviendraient tous les trois parfaitement pour ce stand. Mais Victor et Sophie n'hésitent pas un seul instant : le chamboule-tout, ce sera l'affaire de Moustique, évidemment ! Quant à Andalou, il retrouvera sa spécialité d'autrefois en animant le stand d'initiation à l'équitation. Les visiteurs sont nombreux à avoir envie d'essayer de monter à cheval ! Cela signifie que Zéphyr n'a pas le choix : le dernier stand est pour lui. Et il faut avouer qu'il ne lui plaît pas beaucoup, hélas…

– La pêche aux canards n'est pas le jeu qui correspond le mieux à un champion tel que moi ! rouspète-t-il.

En visite

Moustique regarde autour de lui avec intérêt. Quand il était clown au cirque, il jouait souvent au chamboule-tout sur la piste… mais il détruisait les décors du spectacle ! Cela faisait hurler de rire le public.

Moustique adorait donner un grand coup de sabot dans le ballon. Même s'il devait manquer exprès la pyramide de boîtes vides pour viser les seaux de peinture qui traînaient près de l'entrée des coulisses… et près de Monsieur Loyal, qui finissait tout éclaboussé de couleurs vives !

« Oui, c'était un numéro hilarant, songe le poney avec un brin de nostalgie. J'espère qu'ici, je pourrai jouer pour de vrai ! »

La fillette qui tient le stand porte un chapeau pointu.

Elle le pose sur la tête de Moustique, puis elle commence à installer le chamboule-tout avec son plus jeune frère, venu lui prêter main forte.

– Merci de m'aider, lui dit-elle. Tu auras droit à trois parties gratuites.

– Génial ! se réjouit le petit garçon. Je suis sûr que je peux gagner la peluche géante du koala. Vite, j'ai trop hâte que ça commence !

– Inutile de se presser, répond sa sœur. On a tout notre temps ! Le stand n'ouvre que dans une heure.

Contrarié de devoir attendre encore, l'enfant soupire. De son côté, Moustique, qui n'a pas perdu une miette de la conversation, baisse le nez et souffle d'un air déçu.

– Ça alors ! Le poney et toi, vous avez le même caractère ! s'écrie la fillette.

Son frère fronce les sourcils, renfrogné, et se remet au travail en silence.

« Puisque c'est comme ça, pense Moustique, moi, je sors me balader. »

Il profite donc de ce que les enfants lui tournent le dos un moment pour se faufiler discrètement hors de la tente. Sans un bruit, il s'éloigne en direction des autres stands de la fête.

Il traverse la place pavée sur la pointe des pieds.

« Je vais rendre visite à mes amis, décide-t-il subitement. Ce sera plus distrayant que d'attendre une heure tout entière au chamboule-tout fermé. »

Et, d'un pas déterminé, le coquin gagne la tente où l'on maquille les enfants. Il passe la tête entre deux pans de la toile, à l'arrière du stand, exactement à l'endroit où Lulu présente les fards colorés.

– Coucou, Lulu ! chuchote-t-il.

La jument sursaute.

– Nom d'une marguerite ! hennit-elle, surprise. Tu m'as fait une de ces peurs !

– Désolé, s'excuse le poney à voix basse. Je venais juste voir si tu t'amusais bien.

– Ne me dis pas que tu t'es enfui de ton stand ! gronde Lulu.

Moustique secoue la crinière.

– Alors je ne te le dis pas, murmure-t-il en se retenant de rire. Mais de toute façon, ce n'est vraiment pas grave, car le chamboule-tout n'ouvre que dans une heure.

– Ce n'est pas une raison, se fâche Lulu. Dépêche-toi de retourner là-bas avant qu'on ne te cherche partout.

– D'accord, promet le poney. Dès que j'aurai terminé mon petit tour !

Et, ni une ni deux, il s'éloigne de la tente.

« Ouf, je l'ai échappé belle, se dit-il. Un peu plus, et Lulu me faisait repérer. Je dois être plus prudent. »

Il se rend ensuite au stand de l'artiste peintre. Quel succès !

Une foule de visiteurs patiente devant l'entrée pour poser en compagnie de Féline. Ici aussi, Moustique passe le nez entre deux pans de la toile de tente.

– Coucou, Féline !

La jument se raidit. Elle s'efforce de ne pas bouger et marmonne entre ses dents serrées :

– Tu m'as fait peur, Moustique ! Mon portrait risque d'être gâché ! Est-ce que je suis assez belle, comme ça ?

La coquette bat des cils, redresse les oreilles et tend une jambe d'un geste gracieux. Moustique répond gentiment :

– C'est parfait, Féline, tu es divine, comme toujours !

Et avant qu'elle ne lui reproche à son tour d'avoir quitté le chamboule-tout, il part au petit trot rejoindre la carriole de la fête.

– Coucou, Percheron !

Le cheval de trait est attelé à la charrette. Il n'y a encore personne à bord : la prochaine promenade n'aura lieu que dans une demi-heure.

– Tu m'as fait peur, Moustique ! grogne-t-il.

– Je voulais juste te dire bonjour, rétorque le poney. Ça va, tu ne travailles pas trop ?

– Je fais ce que j'ai à faire, petit, lance Percheron. Et toi ?

Moustique se tait. Il sait d'avance que s'il explique à son ami qu'il visite la fête en attendant l'ouverture du chamboule-tout, il le lui reprochera et lui recommandera de regagner sa tente sans tarder. Alors, bien décidé à poursuivre son petit tour des stands, le poney souhaite bon courage à son ami et s'éclipse sans demander son reste.

Le grand défilé de la ferme

Maintenant, la fête du village bat son plein. Des vendeurs proposent des gaufres, des crêpes, des glaces et de la barbe à papa aux passants. De délicieuses odeurs de caramel chaud et de maïs grillé parfument l'atmosphère. Des haut-parleurs, tout autour de la place de la Mairie, diffusent de la musique en continu. Et Moustique, émerveillé, découvre le stand d'Andalou.

– Waouh ! On t'a confié l'initiation équestre ! s'exclame le poney en approchant.

Andalou tressaille. Juchée sur son dos, une petite fille se cramponne aux rênes pour ne pas perdre l'équilibre.

– Moustique ! hennit l'étalon avec colère. On ne surgit pas ainsi sans prévenir. Ma cavalière a failli tomber !

– Pardon, Andalou..., bredouille le poney. Je trouve ça tellement super, ce que tu fais !

Son ami se rengorge.

– Merci, petit, c'est gentil d'être passé me voir, souffle-t-il, calmé. Mais fonce au chamboule-tout ! Ton absence va faire des histoires.

– Oui, oui, j'y vais, j'y vais, marmonne Moustique avant d'ajouter à voix basse : Sitôt que j'aurai vu Zéphyr.

Sur quoi il tourne les talons et galope vers un stand qui lui paraît fantastique : la pêche aux canards ! Il réfléchit à un moyen de faire une partie puis s'immobilise, stupéfait, en apercevant Zéphyr occupé à distribuer des cannes à pêche aux enfants.

– Oh, c'est toi, Zéphyr ! s'écrie-t-il. Laisse-moi jouer, je t'en prie !

Le pur-sang pose par terre la canne à pêche qu'il tenait dans la bouche.

– Moustique ! tempête-t-il, contrarié. Que fais-tu ici ?

– Je visite la fête… J'ai bien le droit, non ?

– Non ! Toi, tu travailles au petit chamboule-tout de rien du tout !

Le poney pirouette en hennissant.

– Mais c'est encore fermé, Zéphyr. Alors je me promène et, comme ça, je peux découvrir ton stand !

– Tu n’as pas intérêt à en parler aux autres, grommelle le pur-sang, vexé de ne pas avoir été choisi pour l’initiation équestre. Je suis un si grand champion ! Travailler ici ne me convient pas du tout. Cette pêche aux canards est presque aussi ridicule que ton chapeau de chamboule-tout !

Moustique hoche la tête avec énergie.

– Dommage que tu ne sois pas content, Zéphyr, parce que c'est amusant, la pêche aux canards. Tu me laisses faire une partie ?

– Bien sûr que non ! refuse son ami. Les gens ne comprendraient pas qu'un poney avec un chapeau pointu joue au milieu des enfants. Tu ferais mieux d'aller vérifier si le

chamboule-tout n'a pas ouvert, depuis.

Le poney s'ébroue. Il déteste l'admettre, mais le pur-sang a raison. Et zou ! Il fonce comme un boulet de canon à son stand.

« Pourvu que personne n'ait remarqué ma petite fugue ! » s'inquiète-t-il soudain.

Il se glisse sans bruit sous la tente, résolu à y reprendre sa place comme si de rien n'était. Hélas, la fillette le surprend et s'écrie :

– Revoilà le poney ! Il s'était échappé ! On aurait pu se faire drôlement gronder… Nous ne devons plus le perdre de vue une seule seconde.

– Il faut l'attacher, suggère son petit frère. Sinon il va encore s'enfuir.

Paniqué à l'idée d'être retenu prisonnier et de ne plus pouvoir profiter de la journée, Moustique roule des yeux comme des soucoupes. Il grimace, gémit, espère amadouer les enfants en leur montrant qu'il sait jouer au chamboule-tout comme un pro. Il pousse donc la balle du bout du sabot, vise le pied de la pyramide… et se retient juste à temps de détruire le chamboule-tout

avant l'arrivée du premier visiteur ! Attendrie par ses efforts, la fillette lui caresse le front.

– On ne va pas attacher Moustique, déclare-t-elle en souriant. Je sais qu'il sera sage, à présent. Allons, que tout le monde s'amuse !

Plus tard dans l'après-midi, les haut-parleurs crépitent sur la place de la Mairie.

– Chers amis, annonce une voix enjouée, le grand défilé des animaux va bientôt commencer ! Mais avant cela, Mathurin et sa femme nous convient chez eux pour un goûter gourmand !

–Youpi ! se réjouit Moustique.

Les stands ferment donc le temps du spectacle et tout le monde se rassemble dans la cour de la ferme, où une longue table sur tréteaux a été installée.

– Quel magnifique buffet ! constate Sophie en arrivant avec Victor et les chevaux.

Lulu parvient à s'approcher de la table afin d'informer ses camarades.

– Il y a des tas de petits sandwichs, hennit-elle. Ainsi que des jus de fruits frais, des morceaux

de légumes crus, des pommes, des poires et des fraises !

– Parfait ! C'est parfait ! approuve Andalou.

– À condition que Sophie nous apporte quelque chose, maugrée Zéphyr, d'humeur toujours maussade.

Évidemment, la cavalière pense aux chevaux. Elle les installe à l'ombre du plus haut saule de la ferme, en bordure du champ qui longe la cour, puis elle demande à Victor de l'aider à leur distribuer des pommes et des légumes. Mathurin les invite aussi à utiliser l'abreuvoir.

– Parfait ! C'est parfait ! répète Andalou, ravi des festivités.

– *Hi-han !* l'interrompt brusquement une voix familière.

Surpris, les chevaux se retournent dans un sursaut et découvrent Grisou, l'âne le plus turbulent de l'univers !

– Vous êtes venus m'admirer au défilé ? s'écrie ce dernier en retroussant les lèvres dans une grimace d'orgueil.

– Nous sommes venus admirer le défilé, corrige Féline.

– Nous assistons à la fête du village, ajoute Percheron.

– Nous y participons, tu veux dire ! précise Zéphyr en bombant le torse de fierté.

– Bon, alors comme ça, on y participe tous ! lance Grisou.

Et, dans un immense éclat de rire, il leur chipe une grosse pomme juteuse avant de foncer mener le grand défilé des animaux de la ferme !

L'attaque

Mathurin et sa femme prient leurs invités de se réunir en bordure du champ qui longe la basse-cour. Puis le fermier annonce d'une voix de stentor :

– Que le défilé commence !

Grisou apparaît à la porte de l'étable, la pomme de son larcin toujours entre les dents. Agacé, Moustique fronce le nez en soufflant fort des naseaux.

– J'ai bien envie d'aller lui reprendre ce qu'il nous a volé, celui-là ! bougonne-t-il.

– Moi aussi, admet Andalou. Mais ce n'est pas le moment. On règlera cette histoire plus tard.

Grisou mène le défilé. Il doit veiller à donner le signal de départ aux autres animaux de la ferme avec prestance. Il redresse donc fièrement le menton,

pointe les oreilles vers le haut, retrousse les lèvres... et lâche la pomme par mégarde ! Un énorme cochon surgit alors de l'étable et court après le fruit appétissant, qui

roule, roule dans l'herbe. Furieux, Grisou veut lui interdire de se régaler à sa place. Et zou ! Il file en travers de son chemin afin de lui faire un croche-pied. Le cochon s'écroule en couinant de contrariété tandis que Grisou ramasse la pomme d'un rapide coup de dents.

Le vacarme attire les animaux du défilé, qui sortent tous n'importe comment de l'étable :

chèvres, canards, lapins, paons, moutons, cochons, vaches et veaux… Le public hurle de rire.

– Quel cirque ! se moque doucement Zéphyr.

À ces mots, Moustique hennit de protestation.

– Grisou est un très mauvais clown ! s'énerve-t-il. On voit bien qu'il ne fait pas tout ça pour amuser le public. Il le fait juste pour lui !

– Tu as raison, approuve Féline. Le pauvre est en train de se ridiculiser devant tout le monde.

– Le pire, c'est qu'il ridiculise toute la ferme, souligne Percheron.

– Il faudrait l'aider, murmure soudain Moustique. C'est quand même notre ami. Qu'est-ce qu'on pourrait faire ?

– Récupérer la pomme, puisqu'elle le gêne pour défiler, suggère Lulu.

Andalou approuve.

– Grisou, rends-nous la pomme ! appelle-t-il. Tu en auras une autre après le spectacle !

Oubliant le fruit qu'il tient toujours serré entre ses lèvres, l'âne riposte :

– Pas question !

Et paf ! La pomme retombe par terre. Le cochon, revanchard, se précipite. Grisou se met à braire pour l'empêcher d'approcher. Cela déclenche le caquètement des poules, le

cancan des canards, des bêlements et des meuglements… Une belle cacophonie ! Les spectateurs se bouchent les oreilles mais redoublent de rires.

– Assez ! s'interpose Mathurin, hors de lui, en obligeant les animaux à regagner l'étable.

Sa femme demande alors au public de rejoindre la table du buffet. Et, bientôt, les chevaux de Sophie se retrouvent seuls près du champ.

– Ouf, le calme est enfin revenu ! se réjouit Lulu.

Elle se couche au pied du saule. Sans hésiter, ses amis l'imitent.

– Une bonne petite sieste après la tempête, je ne connais rien de mieux ! affirme Zéphyr.

Bercés par le bourdonnement des abeilles, les chevaux ne tardent pas à somnoler... lorsqu'un bruissement, derrière le plus gros buisson du champ, alerte Moustique.

– Qui est là ? bredouille-t-il.

– Personne. Tu as dû rêver, rétorque Zéphyr en bâillant.

Le poney insiste.

– Non, je sais ce que j'ai entendu. D'ailleurs, il y a du mouvement derrière le feuillage !

Inquiet, il se relève en vitesse et fixe le buisson d'un regard appuyé. Les brindilles remuent, quelque chose grogne sous les broussailles et un énorme raton laveur menaçant bondit du fourré épais, toutes griffes dehors !

Une audacieuse rencontre

En apercevant les chevaux, le raton laveur recule d'un pas, méfiant. Il ne se sent pas de taille à affronter des adversaires aussi puissants ! Cependant, il ne rentre pas se cacher sous le buisson. Il reste au contraire en position de défense, prêt à se battre si nécessaire.

– Il a un sacré courage ! s'extasie Féline, impressionnée.

– À votre avis, qu'est-ce qu'il veut ? interroge Moustique d'un air perplexe.

Zéphyr ne peut réprimer un ricanement espiègle.

– Il veut s'inscrire à un cours d'initiation équestre ! taquine-t-il Andalou.

L'étalon lève les yeux au ciel avec une mine navrée.

– Décidément, tu ne comprends rien à

rien, mon pauvre Zéphyr ! répond-il dans un soupir. Ce gentil raton s'ennuie, il aimerait simplement que tu joues avec lui à la pêche aux canards. Il paraît que tu es devenu un véritable expert !

– Un champion, même ! renchérit Féline. Comme toujours…

Piqué au vif, le pur-sang leur tourne le dos et se met à bouder. Dans le champ, le raton laveur continue à les fixer avec un air de défi. Lulu se désole.

– On dirait qu'il a un problème, murmure-t-elle, chagrinée. Comment savoir ce qui ne va pas ?

– Attention, prévient alors Percheron. D'accord, nous sommes plus forts que lui, mais il a une attitude agressive, et il semble très déterminé. Tâchons plutôt de l'ignorer, c'est plus sage.

Les chevaux approuvent à l'unisson et décident alors de reprendre leur sieste. Mais Moustique, malgré ses meilleurs efforts, ne parvient pas à détacher les yeux de l'animal au comportement mystérieux.

D'ailleurs, ce dernier ne quitte pas les chevaux du regard. Et il grogne, grince des dents, retrousse les babines sur ses canines acérées afin de les dissuader d'approcher.

– Peut-être qu'il protège un trésor ? réfléchit le poney.

Féline hennit de rire.

– Inutile de rêver, Moustique ! s'exclame-t-elle. C'est un raton laveur, pas un cheval. Ce qui serait un trésor pour lui n'aurait pas le moindre intérêt pour nous !

– J'aimerais en être sûr, bredouille le poney, intrigué.

Il se lève, décidé à s'approcher en dépit des recommandations de Percheron, lorsque des éclats de voix, en provenance de la basse-cour, le retiennent tout à coup.

– C'est un raton laveur ! crie Mathurin. Il faut l'attraper avant qu'il ne dévore tous les œufs du poulailler !

– Moi, je veux bien vous aider à le capturer ! propose quelqu'un.

– Allons chercher une caisse dans la remise, reprend Mathurin. On le piègera à l'intérieur, puis je le conduirai de l'autre côté des bois !

Moustique s'agite.

– Vous avez entendu, les amis ? articule-t-il, fou d'angoisse. Il faut empêcher ça !

Et, ni une ni deux, il galope dans le champ à la rencontre du raton.

– Arrête ! l'apostrophe Andalou.

Mais le poney ne l'écoute pas. Alors Andalou se lève à son tour et s'élance à sa suite. Quand il

le rejoint, Moustique s'immobilise soudain.

– Tu acceptes enfin d'obéir ? remarque l'étalon.

– Pas du tout, refuse le shetland. Mais tu as vu, par terre, près du raton laveur ?

Son ami scrute les herbes hautes et aperçoit la pomme que Grisou leur a volée.

– Ce n'est pas le moment de manger ! fulmine Andalou.

– Ce n'est pas moi qui y pense ! se défend Moustique.

En effet, le raton laveur avance vers la pomme. Il tend

la patte pour signifier qu'il est bien résolu, quoi qu'il lui en coûte, à s'en emparer le premier...

– Tu ne trouves pas ça étrange qu'il prenne autant de risques pour une pomme ? demande tout à coup Moustique.

L'étalon hésite. C'est vrai, c'est bizarre. D'autant que le raton ne semble pas affamé.

– Je veux tirer cette affaire au clair ! déclare alors fermement Moustique.

Et, sans se laisser impressionner par les manœuvres d'intimidation du raton laveur, il le rejoint en trottinant, dodelinant de la tête de façon amicale. Le raton s'immobilise, sur la défensive. Moustique fait comme si de rien n'était et continue à se montrer le plus amical possible. Il pirouette, agite la crinière, grimace de manière rigolote.

Mis en confiance, le raton laveur se penche sur la pomme. D'un geste aussi vif que l'éclair, il la ramasse en poussant un petit cri

aigu. Moustique prend soin de ne pas réagir. Il fait mine de ne rien remarquer pour mieux amadouer le raton, qui tient maintenant le fruit entre ses longs doigts sombres. Il s'y agrippe et ne laissera personne le lui reprendre. Finalement, avec un air enchanté, il file à toute allure sous les fourrés…

Un charmant secret

Intrigué, Moustique écarte les naseaux.

– Vous avez vu ? crie-t-il à ses amis. On dirait bien qu'il y a quelque chose de spécial...

Il s'approche du buisson, déterminé à découvrir le secret

qui se cache à l'intérieur.

– N'y va pas, lance Féline. On ne sait jamais ce que ça peut être !

– Justement, raisonne le poney. Si je n'y vais pas, on ne le saura jamais !

Et, ni une ni deux, il plonge le nez dans les broussailles après avoir pris une profonde inspiration.

– Nom d'une marguerite ! s'affole Lulu. Il faut sauver le petit chou !

Elle s'élance afin de le faire sortir des fourrés. Elle le tire, le pousse... mais Moustique résiste, bien campé sur ses petites jambes puissantes.

– Arrête, Lulu ! hennit-il de protestation.

Puis il lâche un grand cri aigu et surgit du buisson en grimaçant.

– Aïe ! Ouille ! Ce n'est pas malin, Lulu ! À cause de toi, la ratonne a eu peur pour ses ratonneaux et elle m'a griffé le bout du nez !

Zéphyr s'étonne.

– Tu as dit *ratonne* ?

– Et *ratonneaux* ? renchérit Percheron.

Moustique acquiesce.

– Oui, il y a trois petits ratons laveurs, cachés sous les fourrés, explique-t-il. La femelle raton voulait juste la pomme pour les nourrir, mais elle a cru que je les attaquais !

– La curiosité est un vilain défaut, récite alors Féline d'un ton moralisateur.

– Sauf si elle permet de découvrir une famille de ratons laveurs en danger, souligne Andalou.

Moustique redresse fièrement la tête.

– Oui, j'ai sauvé la famille de ratons laveurs ! déclame-t-il, très théâtral. D'ailleurs, voici les renforts !

En effet, alertés par le raffut des chevaux, Victor et Sophie arrivent en courant. Andalou se met à piaffer devant les broussailles pour leur signaler la présence des ratons laveurs. Le palefrenier, intrigué, sonde l'intérieur du feuillage serré…

– Oh ! s'exclame-t-il. Il y a là-dessous une femelle raton laveur et ses petits ! Ils sont encore très jeunes, mais ils ont déjà de la fourrure...

– Le défilé des animaux va traverser cet endroit ! s'inquiète tout à coup Sophie.

Victor pousse un soupir.

– Hélas, la ratonne a dû être effrayée quand la fête a commencé. Elle a sûrement quitté son terrier pour cacher ses petits sous le buisson le plus éloigné possible de la foule et du tapage… mais tout de même assez près de la ferme pour y trouver facilement à manger.

– Ce n'était pas une bonne idée… Ils ne sont pas à l'abri, ici, regrette la cavalière.

Son ami approuve. D'abord, il va y avoir le défilé. Puis Mathurin viendra travailler dans le champ. Puis les vaches viendront y paître. Et les chèvres, et les moutons… Peut-être même que les cochons viendront se baigner dans la mare boueuse. Sans compter

que le fermier n'acceptera jamais d'accueillir une famille de ratons laveurs voleurs d'œufs frais si près de ses poulaillers !

– Que peut-on faire, Victor ? reprend Sophie. Tu as une idée ?

– Il faut installer un vrai nid pour les ratons, répond le palefrenier. Un nid au calme, bien placé, en totale sécurité…

Il réfléchit. Alors Moustique se met à pirouetter en hennissant.

– Hé, les amis ! Je suis génial, je sais exactement où installer les ratons ! se vante-t-il.

– Où ça ? l'interroge aussitôt Féline, folle de curiosité.

– Laissez-moi faire, vous allez voir !

Sur quoi il se faufile dans les broussailles, fait monter tous les ratons sur son dos et part au petit trot en ignorant les appels de Sophie.

– Moustique, que fais-tu ? s'exclame-t-elle. Reviens !

Mais le poney s'en moque et fonce droit devant lui sans se retourner, direction le haras !

Plus tard, Victor, Sophie et les chevaux rejoignent Moustique au centre équestre. Quand ils arrivent, les ratons laveurs sont déjà installés dans l'enclos, tout au fond, près de la mare. Ils ont élu domicile dans le tronc creux du vieil arbre qui est tombé sur la rive de la mare, l'hiver dernier.

– Bien vu, Moustique, approuve Percheron. Ici, les ratons seront heureux. Ils pourront grimper aux arbres, nager, courir, sauter… et manger à leur faim sans vivre trop près des humains et des autres animaux.

– Excellent choix ! renchérit Andalou.

Victor et Sophie aussi sont satisfaits. Ils déposeront désormais chaque soir un panier de fruits, de légumes et d'œufs au bord de la mare. Mais, pour l'instant, il faut retourner rapidement à la fête… pour assister au défilé de

la ferme avant de rouvrir les stands !

– Moustique est le héros du jour ! affirme Sophie sur le chemin.

Le poney se pavane en marchant.

– Tu vois, Zéphyr, même si je suis le roi du chamboule-tout, ça ne m'empêche pas d'être aussi un héros ! déclare-t-il.

– Et alors ? bougonne le pur-sang, un peu envieux.

– Alors ça signifie que même le roi d'une petite pêche aux

canards de rien du tout pourrait devenir un héros ! le taquine Moustique. Tiens, tu veux ma couronne ?

Et, ravi de sa farce, il pose son chapeau pointu sur la tête de Zéphyr !

Fin

Retrouve très prochainement
une nouvelle aventure
de tes chevaux préférés !

As-tu lu les précédentes histoires ?

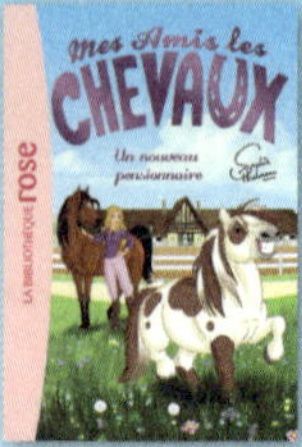

1. Un nouveau pensionnaire

2. La grande compétition

3. Un choix difficile

4. Un rival inattendu

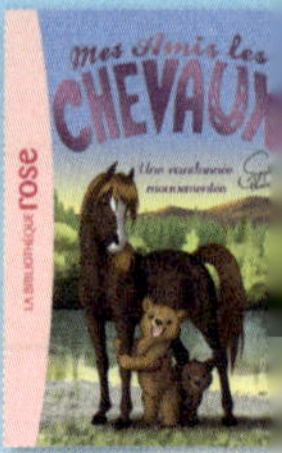

5. Une randonnée mouvementée

6. Une rencontre inoubliable

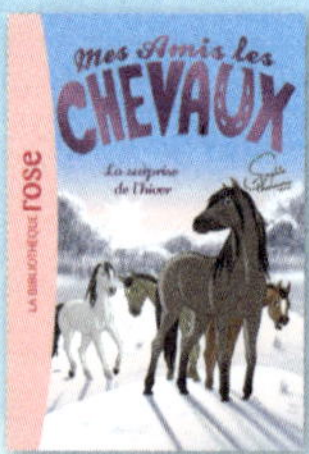

7. La surprise de l'hiver

8. Le loup solitaire

9. Sous le feu des projecteurs

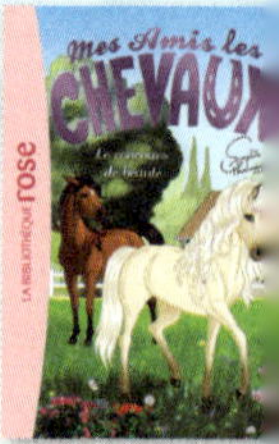

10. Le concours de beaut

11. Peur sur l'écurie

12. Mystère au centre équestre

13. Moustique a mal aux dents !

14. Une journée à la mer

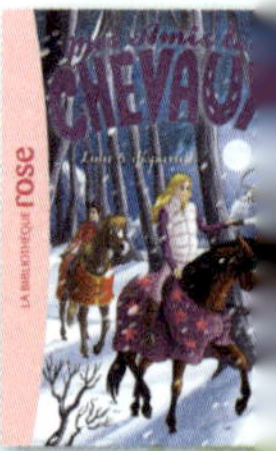

15. Lulu a disparu !

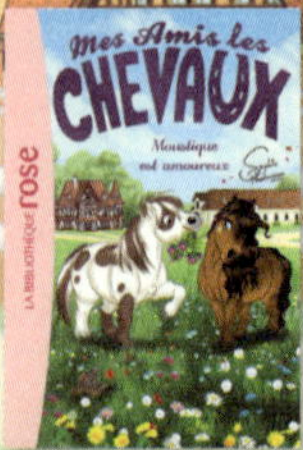

16. Moustique est amoureux

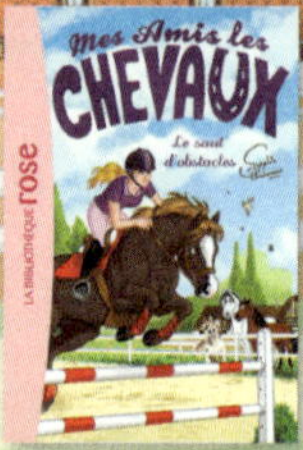

17. Le saut d'obstacles

18. La mascotte du centre équestre

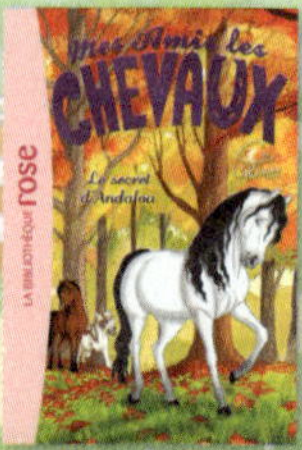

19. Le secret d'Andalou

20. Tous aux Pony Game

21. La grande aventure d'Andalou

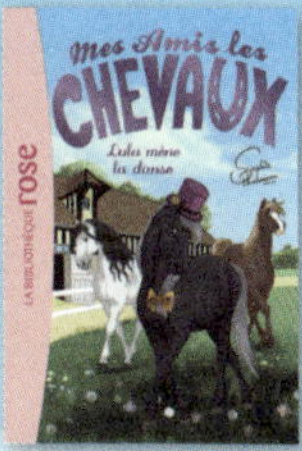

22. Lulu mène la danse

23. Le courage de Féline

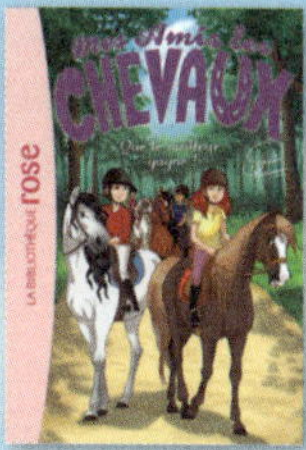

24. Que le meilleur gagne !

25. La tempête de neige

26. Un poney très coquet

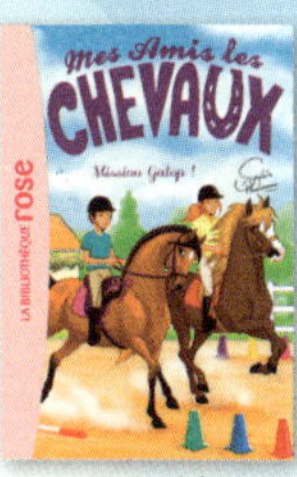

27. Mission Galop !

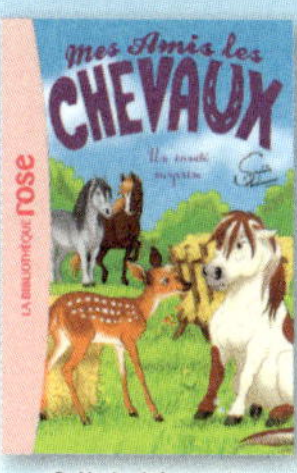

28. Un invité surprise

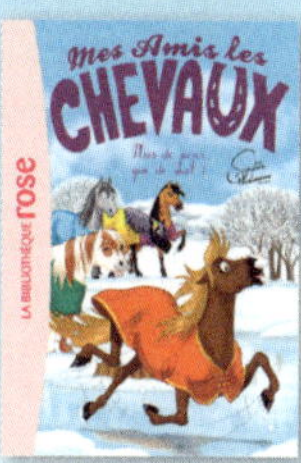

29. Plus de peur que de mal !

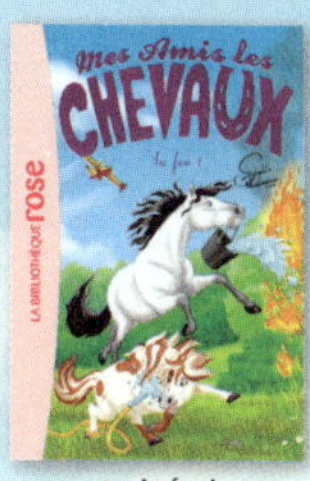

30. Au feu !

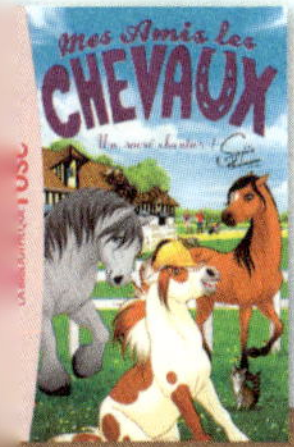

31. Un sacré chantier !

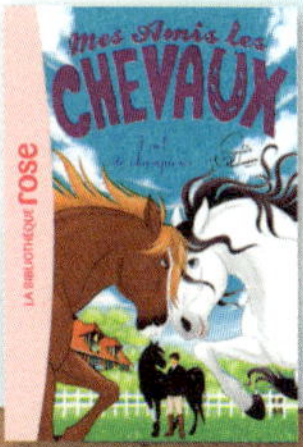

32. Duel de champions

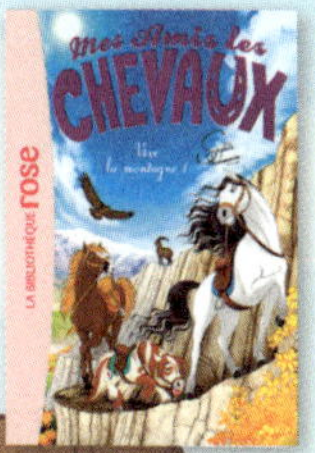

33. Vive la montagne !

34. Attention, Féline !

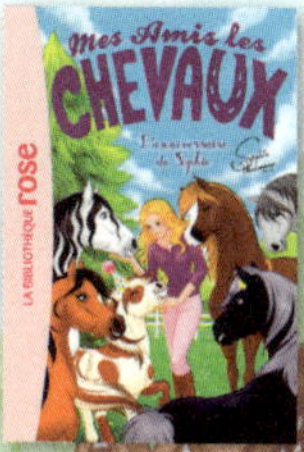

35. L'anniversaire de Sophie

Table

PAPIER À BASE DE FIBRES CERTIFIÉES

hachette s'engage pour l'environnement en réduisant l'empreinte carbone de ses livres. Celle de cet exemplaire est de : 300g éq. CO_2
Rendez-vous sur www.hachette-durable.fr

Photogravure Nord Compo - Villeneuve-d'Ascq
Imprimé en Roumanie par Rotolito Romania
Dépôt légal : octobre 2021
Achevé d'imprimer : septembre 2021
68.5676.1/01 – ISBN 978-2-01-716239-1
Loi n° 49956 du 16 juillet 1949
sur les publications destinées à la jeunesse